La casita de esperanza

TERRY CATASÚS JENNINGS

ILUSTRADO POR
RAÚL COLÓN

NEAL PORTER BOOKS

HOLIDAY HOUSE / NEW YORK

Nota de la autora

Cuando escribí este libro estaba enojada, pero también me sentía orgullosa. Enojada con un agente inmobiliario que me dijo que nunca alquilaba a hispanos porque vivían cuatro familias en una casa y siempre destruían las propiedades donde vivían. En 1961, cuando mi familia llegó de Cuba a los Estados Unidos, vivimos en *la casita*. Éramos tres familias, doce de nosotros durante la semana y catorce los fines de semana, cuando los dos hijos de mi tío venían a quedarse con él. Vinimos a los Estados Unidos para recobrar nuestra libertad y, en el caso de mi padre, evitar que lo encarcelaran otra vez. Llegamos con $50 para nuestra familia de cuatro. Con el tiempo, todos conseguimos empleo y cada familia encontró su propio hogar. Y todos nos hicimos ciudadanos. Espero que este libro, nacido del enojo, nos ayude a reconciliarnos. Está dedicado con inquebrantable gratitud al país que nos acogió y a todos los inmigrantes que vienen a los Estados Unidos buscando esperanza.

—T.C.J.

A la memoria de Phil y Marty —R.C.

Neal Porter Books

Text copyright © 2022 by Terry Catasús Jennings
Illustrations copyright © 2022 by Raúl Colón
All Rights Reserved
HOLIDAY HOUSE is registered in the U.S. Patent and Trademark Office.
Printed and bound in January 2022 at Toppan Leefung, DongGuan, China.
The artwork for this book was created using watercolor and Prismacolor pencils on paper.
Book design by Jennifer Browne
www.holidayhouse.com
First Edition
1 3 5 7 9 10 8 6 4 2

Library of Congress Cataloging-in-Publication Data
Names: Jennings, Terry Catasús, author. | Colón, Raúl, illustrator.
Title: The little house of hope / by Terry Catasús Jennings ; illustrated
by Raul Colón.
Description: First edition. | New York : Holiday House, [2022] | "A Neal
Porter book." | Audience: Ages 4 to 8 | Audience: Grades: K–1 |
Summary: "When Esperanza and her family arrive in the United States from
Cuba, they buy a little house, una casita. It may be small, but they
soon prove that there's room enough to share with a whole community"—
Provided by publisher.
Identifiers: LCCN 2021022870
Subjects: LCSH: Cubans—United States—Juvenile literature. | Cuban
Americans—Juvenile literature. | Immigrants—United States—Juvenile
literature. | Immigrant families—United States—Juvenile literature.
Classification: LCC E184.C97 J46 2022 | DDC
973/.004687291—dc23/eng/20211014
LC record available at https://lccn.loc.gov/2021022870

ISBN 978-0-8234-5203-3 (hardcover)

Era una casita.

Cuando Esperanza y Manolo y Mami y Papi
llegaron de Cuba a los Estados Unidos
buscaron y buscaron
un lugar donde vivir
que no costara mucho.

Buscaron y buscaron hasta que la encontraron.

Era pequeñita.
Olía a medias viejas y mojadas,
con muebles que se caían a pedazos,
rescatados del sótano de una iglesia.

Pero, aunque estaban lejos de su país,
la familia estaba junta.
Sin peligro. Sin miedo.
Estaban contentos en la casita.

Durante el día, Papi pintaba casas.
Por la noche, llenaba estantes en un supermercado.

Mami trabajaba en una lavandería
por las mañanas, tempranito.
Y en una cafetería durante
el almuerzo.

Todos los días,
Manolo y Esperanza se hacían
café con leche y tostadas con
mantequilla para el desayuno,
y ayudaban con los quehaceres.

En la escuela, los dos trabajaban duro.
Toda la familia empezó a aprender inglés.

Después del trabajo y de la escuela
volvían a la casita,
a los aromas deliciosos de frijoles
y sofrito y plátanos—
recuerdos de su país
burbujeando en las cazuelas de Mami.

Los fines de semana, todos limpiaban la casita
y la pintaban y arreglaban lo que había que arreglar.

Cuando terminaron,
Esperanza hizo un *collage* precioso
con fotos de su casa en Cuba.
En el *collage* puso dos palabras:
su nombre en español y en inglés.
Era lo que habían encontrado en su nuevo hogar.

En unos meses, Conchita, la hermana de Mami,
se unió con la familia.
Vino a vivir a la casita porque soldados
se habían llevado a su esposo.
Tenía miedo de quedarse en Cuba,
y ella y su bebita, Alina,
no tenían otro lugar adonde ir.

La familia recibió a Conchita con gusto.

Le hicieron un cuarto en el garaje.

Esperanza ayudaba a Conchita a cuidar a Alina
y pronto Conchita empezó a cuidar
a otros niños durante el día.

Les enseñaba canciones en español.

La música y la risa de los niños llenaban la casita.

Un día, una mujer llamada Patricia vino a buscar
trabajo en la cafetería donde Mami trabajaba.
Con su esposo, Enrique, y sus dos hijos,
acababa de venir de México.

Habían montado en guaguas y camiones
y caminaron por millas
en busca de una vida mejor.

Mami los invitó a la casita.

"Hay espacio para dos catres en el garaje",
dijo Conchita mientras cambiaba pañales.

Manolo suspiró. "Supongo que los chicos
pueden dormir en mi cuarto".

Mami asintió.

Esperanza empezó a mover muebles.

Cuando Papi llegó del trabajo, ya todo estaba arreglado.
Aunque no había mucho espacio, todo el mundo
estaba feliz en la casita.

Enrique usó la podadora de Papi para cortar la hierba
por el vecindario.
Después de unos meses, pudo comprar su propia
podadora, un camión viejo y un remolque.
Los niños ayudaron a Enrique los fines de semana
y después de la escuela.

En poco tiempo, Papi hablaba inglés tan bien,
que pudo conseguir un trabajo como contador,
lo mismo que hacía en Cuba.

Mami consiguió un trabajo enseñando
español en la escuela secundaria.

Conchita siguió cuidando a los niños en la casita durante el día, y Patricia y su familia consiguieron sus papeles y encontraron su propio hogar.

Muchas familias vinieron
y se fueron.

Esperanza era siempre la primera
en darles la bienvenida.
La casita ofrecía un hogar para los
que no tenían donde ir.
Un lugar seguro, en una tierra nueva.

Y cada vez que una familia dejaba la casita,
siempre se llevaba un regalo especial de Esperanza.